Claudia,
el hada de los
accesorios

Un especial agradecimiento a Sue Mongredien

Originally published in English as
The Fashion Fairies #2: Claudia the Accessories Fairy

Translated by Karina Geada

ISBN 978-0-545-72362-6

13 12 11 10 9 8 7 6 5 4 3   15 16 17 18 19/0

Printed in the U.S.A.   40

First Scholastic Spanish printing, January 2015

Claudia, el hada de los accesorios

Daisy Meadows

SCHOLASTIC INC.

Palacio del Reino de las Hadas

Desfile de Moda

CENTRO COMERCIAL El Surtidor

Trajes y Tiaras

MODA

HARTLEY'S

↑ Salón Circón Azul

Juguetería El Surtidor

Palacio de
hielo de
Jack
Escarcha

Para subir al
Café en el
Cielo

AURANTE
ELEVADOR

Golpe Final

Pura Comodidad

Heladería

LA CUARTA ESTACIÓN

Más Hermosa

Bellísima

Fuente
central

Quiosco
de la prensa

PRENSA

De la moda soy el rey.
El glamour es mi ley.
Circón Azul es mi marca.
¡Todos se rinden ante el monarca!

Mis diseños algunos critican,
pero los genios nunca claudican.
Las hadas de la moda me ayudarán
y mis diseños en todas partes se verán.

Índice

Un agujero de problemas

—Aquí estamos —dijo el Sr. Walker estacionando el auto en el Centro Comercial El Surtidor. Miró por el espejo retrovisor a su hija Raquel y a su mejor amiga, Cristina, que estaban sentadas en el asiento trasero—. Sé que estuvieron aquí ayer, pero necesito recoger una camisa. Intentaré no demorarme.

—No te preocupes, papá —dijo Raquel, intercambiando una sonrisa cómplice con Cristina—. No hay problema, tómate todo el tiempo que necesites.

Era el segundo día de vacaciones, y Cristina estaba pasando una temporada en casa de Raquel. Cada vez que las dos amigas se reunían, algo mágico solía suceder… ¡como el día anterior! La mamá de Raquel las había llevado a la apertura del nuevo centro comercial donde hubo un montón de actividades y hasta un desfile de carrozas. Había sido muy divertido... sobre todo cuando las chicas tuvieron que volar al Reino de las Hadas para vivir una nueva y emocionante aventura. ¡Hurra!

—¡Espero que hoy veamos otra hada! —susurró Cristina emocionada mientras se dirigían a los elevadores del estacionamiento.

—Yo también —respondió Raquel.

—Lo de ayer fue increíble, pero tú sabes lo que siempre dice la reina

Titania: "No podemos ir en busca de la magia. Tenemos que esperar a que venga a nosotras" —dijo Cristina sonriendo—. ¡Espero que nos encuentre rápido!

Subieron al elevador.

"Primer piso", anunció una voz por el altoparlante. "¡Bienvenidos al Centro Comercial El Surtidor!".

Las puertas se abrieron, mostrando el interior del centro comercial.

Allí estaban las tiendas resplandecientes, los elevadores de cristal que comunicaban los pisos y una enorme fuente central en medio con chorros de agua intermitentes. Raquel

sonrió mientras se acercaba con Cristina
a la fuente.

Ahí fue donde habían visto a Phoebe,
el hada de la moda, el día anterior... y
donde comenzó la aventura mágica.

Claro, ya ellas conocían a Phoebe y
juntas habían tenido una experiencia
muy emocionante el día que ayudaron

a todas las hadas en una misión secreta.
Pero Cristina y Raquel no sabían que
Phoebe tenía un equipo de hadas de la
moda que la ayudaba en su reino y en el
mundo de los humanos.

El día anterior, Phoebe había invitado
a las chicas al Reino de las Hadas para
ver el desfile de moda, que recién
comenzaba cuando se apareció Jack
Escarcha.

Cristina se estremeció al recordar
cómo Jack Escarcha y sus duendes
interrumpieron el espectáculo y
estropearon el desfile. Jack Escarcha
hizo alarde de su propia marca de ropa,
Circón Azul, y lanzó rayos de hielo
para robarse siete objetos mágicos que
pertenecían a las hadas de la moda.
Cristina y Raquel regresaron enseguida

al mundo de los humanos y ayudaron
a Miranda, el hada de la belleza, a
recuperar su pintalabios mágico que
hacía que todo el mundo tuviera una
sonrisa radiante y natural. Pero todavía
faltaban seis objetos mágicos por
encontrar.

—¿Qué les parece este gorro, chicas?
—preguntó el papá de Raquel.

Las chicas se voltearon
y vieron que el Sr.
Walker se había
detenido en La
Cuarta Estación y
tenía en la mano
un gorro negro de
esquiar.

—Creo que debo
abrigarme la cabeza

ahora que está empezando el invierno
—agregó.

—Me gusta —dijo Raquel—. ¿Por qué
no te lo pruebas?

El Sr. Walker se puso el gorro y, para
su sorpresa, su cabeza salió por encima
de la parte superior del gorro.

—¡Ay! Está dañado
—exclamó incrédulo,
mientras revisaba
el agujero gigante
en el tejido de
lana—. Qué
extraño.
Cuando lo vi
no me pareció
que estuviera roto.

La chica que trabajaba en el quiosco
también pareció sorprendida.

—Lo siento mucho —dijo—, debe de haber tenido un hilo suelto. Por favor, pruébese otro.

Pero cuando el Sr. Walker se probó un segundo gorro (esta vez uno de color azul marino) volvió a suceder lo mismo. Y él no era el único con ese problema. Una mujer acababa de comprar una bufanda roja, pero cuando se la enrolló en el cuello, la lana se deshizo dejando hebras largas colgadas a cada extremo.

—No entiendo —dijo la chica del quiosco, esta vez sonrojada y nerviosa—.

Lo siento mucho. Debe de haber sido un lote defectuoso. Enseguida le busco otra bufanda.

Raquel y Cristina se miraron. ¿Tendría esto algo que ver con los objetos mágicos de las hadas de la moda?

En ese momento Cristina miró su reloj y se quedó sin aliento.

—Mira, Raquel —susurró—. Las manecillas de mi reloj se están moviendo hacia atrás. ¡Qué raro!

Destellos de magia

Las chicas vieron como el segundero del reloj de Cristina giraba al revés alrededor de la esfera. ¡Qué horror!

—Definitivamente, hay magia en el ambiente —susurró Raquel—. Y me parece que no está funcionando muy bien. ¡Necesitamos investigar!

Raquel se acercó a su papá, que estaba probándose un tercer gorro.

—Papá, ¿podemos ir a dar un paseo? —preguntó.

—Por supuesto —respondió el Sr. Walker con el nuevo gorro deshecho entre las manos—. Estoy seguro de que hoy no es mi día de suerte con los gorros —refunfuñó levantando la vista hacia el enorme reloj de pared del centro comercial—. Nos vemos aquí mismo dentro de una hora.

Las chicas se despidieron y se alejaron decididas a investigar el misterio de los gorros rotos.

—Ya que estamos aquí, deberíamos

empezar a buscar lo que necesitamos para los diseños que haremos para el concurso —sugirió Cristina.

—Buena idea —dijo Raquel—, así podríamos hacerlos esta tarde para que estén listos mañana.

En la inauguración del centro comercial el día anterior, la supermodelo Jessica Jarvis había anunciado un concurso muy especial. ¡Los niños podían diseñar y hacer su propia ropa! Al día siguiente, todos los diseños tenían que ser presentados a los jueces. Los ganadores desfilarían con sus diseños en una pasarela benéfica al final de la semana.

—Creo que voy a hacer una pieza con brillo con los colores del arco iris

—dijo Raquel—. Eso me hará recordar nuestra primera aventura mágica con las hadas del arco iris y a todos los amigos especiales que hemos conocido desde entonces.

—¡Excelente! —dijo Cristina—. Yo podría hacer un vestido vaporoso con diferentes pañuelos cosidos. Voy a buscar algún estampado brillante.

—Miremos aquí —sugirió Raquel señalando una tienda llamada Toque Final.

Las amigas entraron a la tienda en el

mismo momento en que salían dos chicas. Una llevaba una bolsa nueva en el hombro y la otra un hermoso collar alrededor del cuello. Pero justo en ese instante, la correa de la bolsa se rompió y esta cayó al suelo.

Segundos después, el collar de la otra chica se reventó y una cascada de cuentas púrpuras salió rodando por todas partes.

—¡Ay , no! —gritaron al unísono las chicas.

Cristina y
Raquel corrieron
a ayudarlas a
recoger las
cuentas,
pero fue
inútil. El

collar no tenía remedio.

—Vamos para que nos devuelvan el
dinero —dijo una de las chicas mientras
volvían a entrar a la tienda—. ¡Las cosas
acabadas de comprar no deberían
romperse así!

Raquel y Cristina las siguieron, pero
Cristina se desvió hacia un estante de
pañuelos. Desafortunadamente, solo
había pañuelos azules. No había los
de estampados brillantes que esperaba
encontrar.

Raquel también sintió una gran decepción. Los accesorios de la tienda estaban todos rotos o deslustrados. Nada de lo que había allí le serviría para el diseño que tenía en mente para el concurso.

—Está pasando algo muy raro —escucharon decir a una empleada de

la tienda—. Los accesorios se veían hermosos cuando los saqué esta mañana. Pero de alguna manera se han puesto opacos o se han roto.

Raquel se dirigió hacia el estante de los collares. Seguramente allí encontraría *algún* accesorio brillante. Apresuró el paso cuando vio una lucecita entre las cuentas. Pero al acercarse, se llevó una gran sorpresa. La lucecita no era lo que ella pensaba.

La chica suspiró de felicidad cuando se dio cuenta de que lo que tenía frente a sus ojos ¡era un hada!

Comienza la búsqueda

—¡Hola! —dijo el hada sonriendo.

Llevaba una falda brillante color púrpura, una blusa rosada y una chaqueta de punto azul. En un brazo lucía elegantes brazaletes y una diadema con una enorme flor le adornaba la cabeza.

Raquel enseguida reconoció a Claudia, el hada de los accesorios y una de las

siete hadas de la moda que ella y
Cristina habían conocido el día anterior.

—Hola —respondió Raquel, y miró a
su alrededor tratando de localizar a su
amiga Cristina, que seguía buscando
en el estante de los
pañuelos azules—.
¡Cristina! ¡Aquí!
—llamó.

Los ojos de
Cristina se
iluminaron al ver
a Claudia flotando
como una chispita
de luz en aquella tienda
sombría.

—Hola —murmuró acercándose—.
Claudia, ¿verdad? ¡Me alegra volver
a verte!

—Yo también me alegro mucho
—dijo Claudia. Sus alas brillaban al
revolotear—. Necesito su ayuda, chicas.
Desde que Jack Escarcha se llevó mi
collar, ningún accesorio de moda
combina. ¡Todos se ven horribles! Y lo
que es peor, se rompen.

—Por eso
todos los
gorros
estaban
descosidos
—dijo
Raquel—,
y la bolsa y
el collar de
aquellas chicas
se rompieron.

—Y esa debe de ser la

razón por la que mi reloj está caminando al revés —añadió Cristina—. ¡Qué desastre! Definitivamente tenemos que ayudarte a buscar el collar, Claudia.

—¡Gracias! —respondió el hada, y voló hasta un collar que había en la vitrina—. Ya

he buscado por todas partes y no está en esta tienda. Por desgracia, hasta que no lo recupere, los accesorios de todo el mundo se seguirán rompiendo o lucirán horribles. ¡Tenemos que seguir buscando!

Justo en ese momento, las tres escucharon una voz que venía de fuera.

—¡Acérquense al quiosco de Circón Azul con el último grito de la moda! —anunciaba por un altavoz.

Cristina, Raquel y Claudia se quedaron petrificadas al escuchar esas palabras. ¿Circón Azul? ¿Acaso ese no era el nombre que Jack Escarcha le había dado a su marca de ropa? No podía ser una coincidencia, ¿verdad?

Salieron corriendo de la tienda para ver lo que estaba pasando.

Allí estaba el mismísimo Jack Escarcha, altavoz en mano y vestido de pies a cabeza con un traje azul metálico. La chaqueta tenía pinchos en los hombros y los codos, y el estampado del pantalón lucía unos rayos de hielo. Su quiosco estaba decorado con banderas y montones de accesorios, todos de color azul.

—¡Caramba, qué rápido armó el quiosco! —comentó Cristina—. Hace unos minutos pasamos por aquí y no estaba.

—Seguramente usó magia —susurró Claudia, que estaba escondida en el bolsillo de Raquel—. Él debe de tener mi collar mágico… ¡acerquémonos más!

Enseguida se concentró una multitud alrededor del quiosco de Jack Escarcha, que hurgaba entre los gorros, bufandas, llaveros, bolsas, carteras y joyas a la venta. Todos los productos tenían el mismo logo: la silueta azul brillante de Jack Escarcha, haciendo gala de su enorme nariz y su barba puntiaguda.

—¡No se empujen, hay suficiente para todos! —gritó uno de los ayudantes del quiosco.

Cristina le dio un codazo a su amiga
para que les echara un vistazo a los
ayudantes de piel verde y nariz larga de
Jack Escarcha. ¡Eran duendes! Vestían
camisetas con el logotipo de Circón Azul
y estaban muy ocupados tratando de
atender a un montón de clientes a la vez.

Con mucho cuidado de no ser vistas
por Jack Escarcha ni los duendes, las chicas
se mezclaron con la multitud y fingieron

ser dos clientas más. Registraban en las cajas de collares con la esperanza de detectar un brillo mágico, o sea, el collar de Claudia.

—Tienes unos jeans azules espectaculares —le dijo uno de los duendes a Raquel, mirándola con cierta sospecha—. Si lo que buscas son accesorios azules, Circón Azul es el lugar ideal para encontrarlos, ya sabes.

—¡Qué lástima que lleves esa falda y esa blusa de color rojo! —le dijo otro duende a Cristina—. No tenemos nada que pegue con ese color. ¡Qué asco!

A Cristina le molestó el insulto del duende, pero sabía que no debía discutir para no llamar la atención. Se mordió la lengua y le dio la espalda.

—Chicas, vamos —susurró Claudia desde el bolsillo de Raquel—. No creo que el collar esté aquí.

Las chicas lucharon por salir de entre la multitud, que se iba haciendo cada vez más grande.

—¿Qué te hace pensar que el collar no está en el quiosco de Circón Azul, Claudia? —preguntó Raquel cuando lograron alejarse del gentío—. Allí estaban Jack Escarcha y sus duendes.

—Lo sé, pero ¿no escuchaste lo que dijo el duende? —preguntó el hada—. No tenían nada que combinara con la ropa de Cristina. Aunque la magia no esté funcionando bien, mi collar *siempre* hace que haya accesorios que hagan juego con cualquier cosa —dijo, y soltó un suspiro de frustración—. Eso significa que el collar debe de estar en otra parte… pero, ¿dónde?

¡Sigamos a ese duende!

Mientras las chicas decidían por dónde continuar la búsqueda, a Raquel le llamó la atención un nuevo duende que llegaba al quiosco. Iba cargado de cajas con mercancía de Circón Azul.

—¡Abran paso! —gritaba mientras empujaba a los clientes—. ¡Aquí traigo más accesorios maravillosos!

Uno de los duendes del quiosco puso cara de alivio al ver al recién llegado.

—Ya era hora —soltó—. ¿Por qué te demoraste tanto? Ya vendimos todas las gorras de béisbol. Toma, llévate esta caja vacía.

—¿De dónde traerá los accesorios? —preguntó Raquel—. Deben de estar usando magia para hacerlos tan rápido. ¿Qué crees, Claudia?

El hada se iluminó.

—Tienes razón —dijo—. Apuesto a que están usando la magia de mi collar.

—Entonces sigamos a ese duende a ver a dónde va —sugirió Cristina—. Si averiguamos de dónde salen los accesorios azules, también encontraremos tu collar.

—Bien pensado —afirmó Claudia—. Pero no podemos dejar que los duendes nos vean ni sospechen. Las transformaré en hadas, así será más fácil ocultarnos. Busquemos un lugar tranquilo para poder hacer algo de magia.

Las chicas no necesitaban que se lo dijeran dos veces. A ellas les encantaba convertirse en hadas... ¡no existía nada mejor que agitar las alas y levantar el vuelo!

Cristina y Raquel se escurrieron rápidamente detrás de un enorme mostrador de Circón Azul. Claudia agitó su varita y lanzó polvo mágico en el aire. Los destellos de magia se arremolinaron alrededor de las chicas y, en un abrir y cerrar de ojos, comenzaron a encogerse hasta ser del mismo tamaño que Claudia. ¡Hadas otra vez! Agitaron felices sus alas brillantes y salieron volando a perseguir al duende que llevaba la caja vacía.

El duende salió del centro comercial y dobló por un callejón vacío. Raquel, Cristina y Claudia lo siguieron en silencio hasta la puerta de atrás de un edificio. Se escondieron en una esquina oscura mientras el duende presionaba un botón para llamar el elevador, y luego entraron detrás de él sin que las viera.

Entonces, el duende presionó el botón "PB", y el elevador comenzó a bajar.

"Planta baja", dijo una voz anunciando que habían llegado al destino. Las puertas del elevador se abrieron y el duende salió.

Cristina, Raquel y Claudia volaron tras él hasta llegar a un enorme taller repleto de duendes que trabajaban en máquinas ruidosas. Las hadas fueron hasta un rincón lleno de telarañas y se posaron sobre una viga del techo para tener una mejor vista del salón.

—Caramba, han montado una fábrica para confeccionar los accesorios de Circón Azul —dijo Cristina en voz baja.

Se quedó mirando las filas de duendes que trabajaban con máquinas de coser, moldes de plásticos, tijeras y frascos de pegamento.

Dondequiera había rollos gigantes de

tela azul y cajas de accesorios apiladas
en torres altísimas.

—Jack Escarcha debe de haber usado
su magia para crear esta fábrica —dijo
Claudia un poco aturdida—. Se ha
tomado muy en serio el asunto de la
moda, ¿no les parece? Obviamente,
quiere que todos se parezcan a él.

—¡Mira, Claudia! —susurró Raquel
emocionada—. ¡El jefe de los duendes
lleva puesto tu collar mágico!

Una rebelión en el taller

No cabía duda de que ese era el collar mágico. Los colores del arco iris brillaban alrededor del cuello del duende más alto, que daba órdenes a todo el que tenía cerca.

—Rápido con esos gorros, chicos —gritaba en un pasillo del taller—. ¿Cómo vamos con los guantes? Déjame comprobar la calidad —dijo acercándose

a una mesa—. ¿Guantes *verdes*?
—protestó enfadado—. ¿Acaso no
escucharon a Jack Escarcha? Todo tiene
que ser de color azul, tontos. Tiren esos a
la basura y comiencen de nuevo.

Los duendes parecían molestos.

—¡Pero a nosotros nos gusta el verde!
—dijo uno haciendo
una mueca—. Es
mucho mejor
que el azul.

—¡No
discutas!
—vociferó el
duende alto—.
Mientras use el
collar mágico, seré yo quien
decida lo que se hace. Ahora continúen

fabricando guantes azules o le digo a Jack Escarcha que son unos vagos.

Al oír la discusión, a Cristina se le ocurrió una idea.

—Claudia, ¿podrías usar tu magia para convertirnos a Raquel y a mí en duendes? —preguntó—. Quizás nosotras podamos lograr que el jefe de los duendes renuncie a su cargo.

Los ojos de Raquel se iluminaron.

—¡Sí! —dijo riendo—. Eso sería genial. Y cuando se quite el collar…

—¡Aparezco yo y me lo llevo! —dijo Claudia terminando la frase con una sonrisa—. Tenemos que intentarlo. Vayamos hasta el elevador para convertirlas en duendes.

Muy calladitas, las tres salieron volando del taller hasta donde nadie podía verlas. Entonces, el hada agitó su varita y apareció polvo mágico.

Cuando el polvo se disipó, Cristina y Raquel se rieron al ver que parecían dos duendes más de la fábrica.

—¡Hora de trabajar! —dijo Cristina.

—¡Querrás decir, hora de armar un enredo! —respondió Raquel muerta de risa.

Cada chica tomó un rumbo diferente. Se unieron a los otros duendes que trabajaban afanosamente. Cristina fue a la línea de montaje, donde un equipo de duendes producía bufandas, mientras que Raquel fue a la mesa donde se hacían las joyas.

—La verdad es que no me agrada tanto el color azul —les dijo Cristina a los duendes que estaban cerca de ella—. Me gustaría muchísimo más usar una bufanda verde, que es nuestro color. Ese es el color más lindo del mundo, ¿cierto?

—Definitivamente, ese es *mi* color favorito —afirmó un duende con cara de enfado.

—Con la cantidad de colores que tiene el arco iris, es una lástima que solo podamos hacer cosas azules —añadió Raquel haciéndose la ingenua—. A ti te queda perfecto el color morado, por ejemplo —dijo, señalando al duende de al lado—. Y a ti se te vería muy bien una bufanda o un gorro amarillo para resaltar el color de tus ojos —le dijo a un pequeño y tímido duende que de inmediato se sonrojó con orgullo.

—¿Tú crees? —le dijo el duende feliz—. Con lo que a mí me gusta el amarillo.

—Mi color favorito es el rojo —agregó otro duende—. Me recuerda la mermelada de fresa. ¿Quién ha visto alguna vez mermelada de fresa azul?

Poco a poco comenzaron a unirse duendes a la conversación.

—El verde es el más lindo —comentó uno.

—A mí me gusta el marrón porque va a juego con mis dientes —dijo otro.

—Creo que la ropa anaranjada es la que mejor combina con nuestra piel verde —añadió un tercero.

El jefe de los duendes estaba empezando a lucir molesto. Tocó un silbato para que todos dejaran de hablar.

—¡Ya basta! —rugió—. Se supone que estén trabajando y no chachareando. ¡Silencio!

Cristina dejó caer las tijeras.

—Pues yo no trabajo más, a menos que podamos utilizar diferentes colores —dijo con osadía.

—Yo tampoco —soltó Raquel cruzando los brazos—. Me declaro en huelga.

Al decir esto, sintió que el corazón se le quería salir del cuerpo. Si ningún duende se les unía, su plan fracasaría. A ellas las expulsarían del taller y, entonces, no tendrían ninguna posibilidad de recuperar el collar.

Afortunadamente, los duendes también estaban hartos de ser mangoneados. Todos soltaron sus herramientas y se cruzaron de brazos.

—No trabajo más —dijo uno.

—¡Queremos más colores! —comentó otro.

—¡Queremos más colores! ¡Queremos más colores! —comenzaron a corear, dando fuertes patadas contra el piso.

En cuestión de segundos, todos los duendes del taller se unieron al coro.

—¡Queremos más colores! ¡Queremos más colores!

Uno de los duendes abrió un armario y sacó rollos de tela brillante.

—¡Lunares! ¡Listas! ¡Flores! —gritó alegremente.

—¡Rojo! ¡Amarillo! ¡Verde! ¡Morado! —gritaron otros duendes, agarrando las telas que querían usar.

El jefe de los duendes parecía a punto de llorar. Cristina sintió un poco de lástima por él, pero sabía que para recuperar el collar de Claudia tenían que seguir con el plan.

—¡Qué desastre! Jack Escarcha se molestará muchísimo si ve lo que está pasando aquí —dijo en voz alta.

—Y pensar que confió en ti cuando te entregó el collar mágico —dijo Raquel negando con la cabeza—. Se va a enojar especialmente contigo.

—¡No puedo más! —gritó el jefe de los duendes arrancándose el collar del cuello—. ¡Renuncio!

Toque Final

Tan pronto el jefe de los duendes se quitó el collar mágico, otros duendes intentaron agarrarlo, pero Claudia fue más rápida que todos ellos. Para su sorpresa, el hada apareció, agarró el collar y voló fuera de su alcance.

—El juego ha terminado, muchachos —dijo con dulzura mientras el collar se reducía a su tamaño original. Luego agitó la varita y los accesorios de Circón Azul recuperaron los colores del arco iris.

Los duendes comenzaron a aplaudir… pero poco a poco sus rostros se entristecieron al comprender lo que acababa de suceder.

—Jack Escarcha se enojará con nosotros —dijo uno—. ¡De prisa! Debemos regresar al Reino de las Hadas antes de que él vea lo que hicimos.

Entonces, todos
los duendes salieron
corriendo del taller...
excepto dos, que en
ese momento se
transformaron
nuevamente en
niñas.

Cristina y Raquel
sonrieron felices y
Claudia dio tres
volteretas en el aire
para celebrar.

—¡Muchas gracias, chicas! —dijo
volando hacia ellas—. El plan fue genial.
Regresemos a la tienda donde nos
encontramos. Con la ayuda de mi collar
mágico, me aseguraré de que todos los
accesorios se vean radiantes de nuevo.

En cuanto regresaron al centro comercial, Claudia, Raquel y Cristina se dieron cuenta de que la magia del collar ya estaba haciendo efecto. La multitud había desaparecido del quiosco de Circón Azul y Jack Escarcha gritaba desesperado por el altoparlante intentando atraer a los clientes.

Cuando le quedó claro que nadie iba a comprar nada, tiró el megáfono al suelo y comenzó a patalear con furia.

—Voy a lograr que el mundo entero use la marca Circón Azul —dijo enfurecido.

—Al menos hoy no lo lograrás
—murmuró Claudia sonriendo, lejos del
alcance de su malvado oído.

Se coló en el bolsillo de Cristina
y entraron a Toque Final. Raquel y
Cristina observaron emocionadas como
el collar del hada desprendía su
brillante magia que devolvía los
vibrantes tonos a los
accesorios de la tienda.

En un abrir y
cerrar de ojos, la
tienda se
transformó. Los
accesorios opacos y
rotos desaparecieron,
y en su lugar aparecieron pañuelos,
gorros, bolsas y joyas de variados colores.

—¡Mucho mejor! —sonrió Claudia—.

Debo irme volando, chicas.
Gracias de nuevo. Y
buena suerte con el
concurso de mañana.
Saben que las hadas de
la moda estaremos
apoyándolas.

—Chao, Claudia
—dijo Raquel—. Espero
que nos veamos pronto.

—Adiós —agregó
Cristina—. Y gracias. Ahora será mucho
más fácil hacer mi vestido con tantos
pañuelos bonitos para elegir.

Claudia se desvaneció en un remolino
de polvo mágico brillante, y Cristina
recordó que debía mirar la hora.

—¡Está funcionando de nuevo! —dijo
aliviada—. Ay, no. Solo faltan quince

minutos para reunirnos con tu papá, Raquel. Será mejor que busquemos lo que necesitamos y nos marchemos.

—Sé exactamente lo que necesito —dijo Raquel mientras seleccionaba un paquete de pinturas para tela con colores vibrantes—. Después del día que hemos tenido me he cansado de usar estos jeans azules. Voy a hacer que se vean diferentes decorándolos con los colores del arco iris.

—Excelente idea —dijo Cristina mientras escogía unos llamativos pañuelos de listas—. Estos son perfectos para mi vestido. ¡Hurra!

Cuando compraron todo lo que necesitaban, las amigas se pusieron en camino para reunirse con el Sr. Walker. Tenían que prepararse para el concurso de diseño del día siguiente y el desfile de moda al final de la semana.

—¡Eh, mira! —dijo Raquel, señalando un cartel que estaban poniendo en el centro comercial—. Mañana por la mañana habrá un taller de diseño antes del concurso. Suena fantástico. ¿Qué te parece?

—Diversión, hadas y moda. ¡Me encanta! —dijo Cristina—. Estoy loca por ver qué más nos podría suceder.

Cristina y Raquel ayudaron a Claudia
a encontrar su collar mágico.
Ahora les toca ayudar a

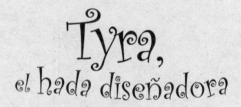

Tyra,
el hada diseñadora

Lee un pequeño avance del siguiente libro…

Modas divertidas

—Estoy desesperada por que comience el taller de diseño —dijo Cristina Tate mientras hurgaba emocionada dentro de su bolsa—. Aquí tengo los pañuelos de colores. Voy a coser unos con otros para hacer el vestido.

—¡Te va a quedar genial! —respondió su mejor amiga, Raquel Walker—. Yo voy a pintar un arco iris brillante en mis jeans viejos.

—Y yo voy a almorzar con mi amiga Moira —dijo la Sra. Walker—. Así que las tres pasaremos un día muy divertido.

Acababan de llegar al nuevo Centro Comercial El Surtidor. Cristina estaba pasando las vacaciones con Raquel y, desde que inauguraron el centro, no les habían faltado momentos de emoción. El mismo día de la inauguración habían anunciado un concurso de diseño, y desde entonces las chicas estaban dándoles vueltas a algunas ideas. Después del taller de diseño, todas las creaciones de los concursantes serían evaluadas por el jurado, y los ganadores podrían modelar su ropa en un desfile de moda benéfico al final de la semana.

—Vamos por aquí —dijo la Sra.
Walker—. Quedé con Moira en
encontrarnos frente a la tienda Trajes
y Tiaras.

Caminaban lentamente, mirando
ilusionadas las vidrieras. Entonces,
Raquel le dio un codazo a Cristina.

—Mira a esa mujer —dijo.

Llevaba un pantalón con una pierna
larga y la otra corta.

—Y su hijo solo tiene puesto un calcetín
—dijo Cristina—. ¡Qué extraño!

—Las nuevas tendencias de la moda
siempre resultan raras al principio —dijo
la Sra. Walker soltando una carcajada—.
Miren, allí está Moira; fíjense en su
chaqueta, tiene alfileres de criandera en
lugar de botones. ¡Los diseñadores ya no
saben qué inventar!

La Sra. Walker fue al encuentro de su amiga mientras Cristina y Raquel echaban un vistazo a su alrededor.

—Creo que estas no son nuevas tendencias de la moda —dijo Raquel—. ¡Estoy segura de que por aquí andan Jack Escarcha y sus malvados duendes!